Ich will euch

-

Eine geile Zeit

ISBN **9783753482071**

© 2021 bei Lena von der Vögellaune
Herstellung und Verlag: BoD - Books on
Demand, Norderstedt

Ich bin Lena

Statt einem Vorwort: Lena etwas näher

Ich habe einen sommerlichen Teint bin schlank, habe braune schulterlange Haare, graugrüne Augen und die Männerwelt sagt, dass ich einen süßen Mund und eine kleine Stupsnase habe.

Meine geileren Lippen, zwischen meinen Schenkeln, nehmen gern eine flinke Zunge, vielleicht auch ein oder zwei Finger einer starken Männerhand und natürlich auch einen festen, steifen Schwanz in sich auf. Ich bin 1,65 Meter groß, trage einen BH in 75B und meine Höschen in S oder 36. Ob Stringtanga, Hotpants oder ganz ohne ist mir gleich und richtet sich meist nach dem, was ich noch erleben will. Meine Brüste sind nicht zu klein und meine Nippel stehen sehr schnell, wenn ich geil bin. Wenn mich der Richtige nimmt, stöhne ich auch laut beim Sex.

Meine Kurven: 94-62-93 sagen noch mehr, vor allem den Männern unter Ihnen. Ich bin komplett rasiert und trage ein Bauchnabelpiercing und ein Intimpiercing.

Ich bin 34 Jahre jung und liebe Sex in allen Löchern. Die geile Sahne der Schwänze in meinem Mund schlucke ich herunter. Allein der Geschmack davon macht mich heiß.

Meine liebsten Stellungen sind Doggy, 69 oder ich reite. Ich liebe es, wenn ich richtig hart genommen werde. Ein Mann, der mich ficken darf, kann mir auch gern meinen Arsch versohlen. Schwänze zu blasen und zu wichsen gehört für mich genauso dazu wie mich lecken zu lassen. Ob meinen Anus oder meine Muschi ist mir dabei egal, Hauptsache es macht mich geil. Ich mag es auch einen Dildo drin zu haben und im anderen Loch einen steifen Schwanz.

Ein Foto von mir, habe ich auf Seite se(x)chs eingefügt.

So, nun aber genug der Worte über mich. Ich will euch jetzt, ich will euch steif und ich will kommen, laut und gewaltig will ich kommen. Also nehmt mich hart ran.

Wer die Wahl hat

Neulich war ich auf dem Weg zu einem besonderen Date. Eine Freundin hatte mir erzählt, wo ich hier in der Stadt eine richtig geile Zeit verbringen kann. Sie hatte so sehr davon geschwärmt, dass ich unbedingt auch so eine Zeit erleben möchte.

Obgleich ich der Männerwelt gefalle, hatte ich schon fast eine Woche keinen richtigen Schwanz mehr in mir gehabt, weder im Anus noch in meiner Muschi. Lediglich dem Hausmeister, der schon lange auf mich scharf war, hatte ich kürzlich einen geblasen. Er hatte mir so oft auf meinen Arsch gehauen oder mir in meinen Schritt gefasst, dass ich meine Geilheit auf ihn nicht mehr verbergen konnte und so ist es eben geschehen. Es ist ein süßer Typ von Mitte Dreißig und die Beule in seiner Hose hielt was sie versprach. Auch sein Sperma hatte ich geschluckt und seine Eichel sauber gelutscht.

Ich hatte mich also extra gestylt. Unter meiner engen weißen Jeans, die meinen kleinen Knackarsch umspielt, trug ich nichts. Obenrum habe ich auf einen BH verzichtet, denn schließlich sollte mein Date schon beim Anblick meiner Brüste geil werden. So zog ich eine dünne rosafarbene Bluse an, die mehr hervorhob als sie verdeckte.

Bei dem Gedanken, wie der Tag wohl verlaufen würde, stellten sich meine Nippel schon auf und meine Pussy fing an zu kribbeln.

Darüber trug ich eine warme Jacke. Meine Füße und die Waden hatte ich in meinen hohen Stiefeln. Schließlich war es kalt draußen. Umso mehr hoffte ich auf ein richtig heißes Date.

Nach 15 Minuten Fußweg war ich angekommen. Ich stand vor einer älteren Stadtvilla mit einem kleinen, aber sehr gut gepflegten Garten davor. Auch die Villa selbst sah sehr gut aus. Wenn auch mein Date schlank, sportlich und mit etwas großem in seiner Hose ausgestattet wäre, würde ich gern häufiger hierherkommen.

Kommen? Ja, kommen möchte ich heute auch, laut und heftig am liebsten. Wenn mich ein Typ richtig geil macht, dann wird er mein Kommen hören und spüren. Allein bei dem Gedanken merkte ich, dass meine Möse plötzlich feucht wurde. Ich ging durch die Gartentür und ein von Rosenpflanzen gesäumter Weg brachte mich direkt an die Tür. Es war eine große Holztür. Naturbelassen und verziert mit 12 Fenstern, die ahnen ließen, wie es in der Villa wohl aussehen wird. Nachdem ich den Klingelknopf betätigt hatte, ertönte drinnen eine Klaviermusik. Sie war noch nicht beendet, da wurde mir die Tür geöffnet.

„Komm rein, Lena" sagte der Mann mit seiner tiefen Stimme. Ich war noch immer in meinen geilen Gedanken und dachte der Typ sieht gut aus und leckte mir über meine Lippen. „Ich heiße Marc und werde dich jetzt in den Salon begleiten." In den Salon, wie sich das anhört, dachte ich. Als wir drinnen waren, war ich etwas erstaunt, denn im Salon stand nur ein großer Sessel. An der Wand gegenüber dem Eingang war ein großer Spiegel angebracht. Ich richtete als erstes meine Frisur. Der Boden war mit Holzparkett verkleidet und die Wände waren mit kaminroter Farbe gestrichen. An der Decke hing ein großer Kronleuchter, dessen Kerzenlampen den Raum dezent erhellten.

„Hier kannst Du dich setzen und noch etwas ausruhen, denn dich erwartet ja heute noch einiges." Ich zog meinen warmen Mantel aus, legte ihn an der Seite über die Rückenlehne und setzte mich hin. Neben mir hätte auch noch jemand sitzen können, so breit war die Sitzfläche. Es saß sich sehr bequem, ich lehnte mich an und schlug meine Beine übereinander und öffnete die oberen beiden Knöpfe meiner Bluse, denn hier war es ziemlich warm. Außerdem kam so mein Dekolleté besser zur Geltung. Meinen Kopf konnte ich an die sehr hohe Lehne auch anlehnen. Ich schloss meine Augen und träumte mich wieder in meine geilen Gedanken von vorhin.

Plötzlich ging die Tür auf und eine gut gebaute, fast nackte junge Frau trat herein. Sie war schlank, trug lange blonde Haare, hatte einen festen Busen und war genauso rasiert wie ich. Beide Brüste zierte jeweils ein kleines Piercing und auch am Bauchnabel trug sie eines. Ihre Nägel hatte sie an den Händen und Füßen rot lackiert. Ihr Blick musterte mich von oben bis unten. „Zieh dich aus, Süße" sagte sie zu mir. Ich verstand zunächst nicht, was das jetzt werden sollte. Ich dachte, dass es hier einen oder vielleicht sogar mehrere Männer gibt, die mich richtig geil machen, so wie bei meiner Freundin. Einen Augenblick überlegte ich was hier auf mich wartet, schließlich wusste ich nur, dass ich hier einen unvergesslichen Tag erleben würde. „Na los, runter mit deinen Klamotten" sagte sie jetzt. Langsam begann ich mich auszuziehen und sie beobachtete mich dabei ganz genau. Ich zog meine Bluse aus und stellte fest, dass meine Nippel ganz hart waren. Nun zog ich meine Stiefel und danach meine Jeans aus. Da ich nichts drunter hatte, war ich nun nackt. Irgendwie erregte mich diese Situation schon und ich freute mich auf alles was heute und hier noch passieren wird.

„Gut siehst du aus" sagte sie jetzt und lächelte ein wenig. „Hast Du eine Ahnung was gleich passiert?" „Nein, habe ich nicht wirklich" sagte ich. „Du kommst jetzt mit mir mit, dann werde ich dir die Augen verbinden und dich an den ersten Schwanz heranführen. Drei stramme Schwänze warten auf dich und du wirst einen nach dem anderen blasen" sagte sie zu mir.

„Drei Schwänze darf ich blasen. Wow, dann will ich aber auch dreimal die volle Ladung in mein Gesicht" sagte ich zu ihr. „Was machst Du, während ich blase?" fragte ich sie. „Na ich lutsche die Schwänze sauber, nachdem sie dich vollgespritzt haben."

Sie verband mir die Augen und gleich danach liefen wir beide los. Ich lief an ihrer Hand, denn ich konnte tatsächlich nichts mehr sehen. Ich hörte schon ein Raunen der drei Männer, als sie mich mit meiner Begleiterin erblickten. „Bei mir darfst Du anfangen, du geile Schnecke" sagte einer, mit tiefer Stimme. Ich ging noch drei Schritte auf die Stimme zu und konnte seinen Körper schon riechen. Er roch sehr gut und sein Atem streifte mein Gesicht als er sagte: „Bleib stehen und hocke dich hin, Süße." Dann schob er mir seinen Schwanz in meinen Mund.

Wow, der ist ein Prachtexemplar, nicht nur lecker und lang, sondern auch ziemlich dick, dachte ich gerade als er seinen Schwanz tief in meinen Mund stieß.

Die Männer dürfen auch ihre Hände benutzen, was ich nicht darf. Das hatte sie mir noch gesagt, bevor wir in diesen Raum gingen. Offensichtlich gefiel ihm mein Blowjob.

Denn er griff an meinen Hinterkopf, hielt ihn fest und schob seinen harten in meinen Mund. „Du bläst schön geil, Süße" sagte er. „Wie darf ich dich nennen" fragte er mich." „Ich bin Lena, aber du kannst auch gern Süße oder etwas anderes zu mir sagen" antwortete ich ihm. „Sauge schön an meinem Schwanz, dann bekommst du eine Extraladung von meiner Sahne in dein Gesicht." Ich schob meinen Mund immer vor und zurück. Gleichzeitig streichelte ich über seine prallen Eier. Schneller und schneller glitt ich an seinem Schwanz entlang und dann kam er. Mit einem lauten Stöhnen bekam ich den ersten Schwall in meinen Mund. Der zweite, dritte, vierte und fünfte ging in mein Gesicht, auf meine Haare und ein wenig auch auf meine Brüste. Ich schluckte seine Sahne und zeigte ihm meinen leeren Mund, während ich mir über meine Lippen leckte.

„Lena, du kleines Spermaluder, dich möchte ich nachher richtig hart ficken. Dann bekommst Du auch noch den Rest meiner Sahne und mein Schwanz wird deine Pussy ganz sicher gut ausfüllen. Bitte wähle mich aus."

Nachdem ich wieder hinausgeführt wurde, konnte ich duschen. „Wofür soll ich ihn auswählen" fragte ich meine Begleiterin. „Na zwei werden nachher deine Möse lecken. Dann dürfen die Männer ihre Hände nicht benutzen, aber Du darfst das" antwortete sie mir. „Danach wählst du den einen für die nächsten Stunden. Was ihr in der Zeit macht, bleibt euch überlassen. Ich werde euch dabei filmen und vielleicht mache ich auch noch mit. Den Film von euch bekommst du dann als Erinnerung auf DVD von uns geschenkt. Wenn dir mal wieder nach einem Tag wie heute ist, melde dich an und dann kommst du wieder. Aber jetzt gehe erst einmal in die Dusche." „Das wird ja ein geiler Tag" sagte ich. „So soll es sein, Lena. Übrigens die Dusche ist nur kalt, das erfrischt dich mehr."

Erst jetzt bemerkte ich, dass es Marc war, der mir sein Sperma entgegen gespritzt hatte. Ja, genau der Marc der mir vorhin die Haustür der Villa geöffnet hatte. Ich ging so vollgespritzt, wie ich war in die Dusche und die andere darf jetzt den Schwanz sauber lutschen gehen. Danach wird sie mich hier wieder abholen, wieder meine Augen verbinden und zum zweiten Schwanz führen.

Ich war gerade fertig geworden. Das kalte Wasser sorgte dafür das meine Nippel schon wieder standen. Im Bad war es angenehm warm. Schon kam sie herein und sagte „Ich habe ganz vergessen mich vorzustellen. Mein Name ist Manja, die Männer haben auch andere Namen für mich, wenn Du verstehst, wie ich das meine." Ich verstand es und schon wurden mir wieder die Augen verbunden. Den Weg zum nächsten Blowjob kannte ich nun und so konzentrierte ich mich auf Geräusche und Gerüche.

„Da kommt die geile Schnecke ja schon" hörte ich einen anderen Mann sagen. Manja gab mir einen kräftigen Schlag auf meine Backen und dann sagte sie „Hock dich hin und blase, Lena." Ich hatte mich hingehockt und wartete auf den Schwanz, den ich zum Blasen bekommen sollte. Doch der Kerl schob meinen Kopf so, dass ich zunächst seine prallen Eier im Mund hatte. „Der Inhalt ist für dich, Süße. Mach ihn schön hart mit deinem süßen Mund."

Ich leckte an seinem Schwanz entlang, bis ich die blanke Eichel schmeckte. Dann umkreiste ich sein Spritzloch mit meiner Zungenspitze und er gab mir auch schon ein erstes Freudentröpfchen. „Du schmeckst gut, aber bitte spritz noch nicht. Ich möchte deinen prallen Schwanz erst richtig blasen, dein Spritzloch lecken und deine Eier küssen." „Mach das und mein Erguss wird noch größer sein, als du dir jetzt vorstellen kannst." Während ich blies, leckte und küsste, wichste er seinen Schwanz, was ich ja nicht durfte. Plötzlich hörte er auf und seine enorme Ladung spritzte in meinen Mund, auf meinen Kopf, in mein Gesicht und auch meine Brüste bekamen noch etwas ab. „So geil wie du mich gerade zum Kommen gebracht hast, Süße, werde ich gern nachher deine geileren Lippen verwöhnen. Bitte wähle mich." „Du hast einen riesigen Schwanz" sagte ich „aber er ist für mein kleines, enges Loch zu groß" antwortete ich ihm. „Ich könnte dich auch in deinen süßen Arsch ficken. Da stoße ich meinen hart geblasenen Schwanz mit einem Stoß hinein. Ich würde gern hören, wie du stöhnst, wenn du geil bist, du kleine

Schlampe." „Hast du mich gerade Schlampe genannt" fragte ich ihn. „Klar sagte er, du bist doch auch eine geile Schlampe." Am liebsten hätte ich jetzt seinen Schwanz in meine Hand genommen und ihn nochmal abgemolken, aber meine Hände durfte ich ja nicht benutzen. Ich mag es zwar hart gefickt zu werden, aber eine Schlampe nennt mich keiner, auch dieser leckere Schwanzträger nicht.

Manja kam und führte mich wieder hinaus. „Wow, was für ein süßer geiler Knackarsch ist heute unser Gast" sagte der dritte Mann noch. In dem Moment begann ich noch mehr mit meinem Arsch zu wackeln, denn die Stimme gefiel mir schon. Wie sein Schwanz ist und wie er riecht werde ich bald erfahren. Denn ich werde ihn gleich in meinem Mund haben.

Im Bad angekommen nahm mir Manja meine Augenbinde wieder ab. „Wenn ich mal keinen Schwanz habe, träume ich von seinem" sagte Manja. Ich ging in die Dusche und der kalte Schauer säuberte mich und ließ mich wieder auf dem Boden ankommen.

Ich nahm jetzt erstmal auf dem Stuhl im Bad Platz, denn Manja war noch nicht wieder zurück. Offensichtlich lutschte sie jetzt auch den kleinsten Tropfen des Schwanzes. Ein Klatsch auf ihre Backen und ein leises Stöhnen von Manja sagten mir, dass sie fertig war und gleich zu mir kommt. Genauso war es. Sie schaute mich an, als wäre sie gerade frisch gefickt worden.

Wieder wurden mir die Augen verbunden und ich wurde zum dritten Schwanz geführt. „Los geht's" sagte Manja als ich mich hinge-hockt hatte. Der Schwanz war lang, was mir sofort auffiel. Der Schwanz hing schlaff her-unter als hätte er erst seinen Höhepunkt ge-habt. „Ich kann nicht nochmal" sagte der Mann. „Ich habe meinen Schwanz zu kräftig gewichst, während du den von meinem Ne-benmann im Mund hattest." „Dann ist doch alles in Ordnung. Du bist heute keiner von den zweien, die mich gleich hart rannehmen dürfen." „Schade" sagte er nur noch und ich wurde wieder hinausgeführt. Manja nahm mir das Band von den Augen und ging wieder zurück, mit mir an ihrer Seite.

„Welche Zunge darf jetzt deine Möse verwöhnen?" fragte Manja. „Ich weiß nicht recht. Gern würde ich mich zweimal lecken lassen, oder muss ich mich für eine entscheiden?" „Nein musst du nicht, denn das geht auch" sagte Manja. Wie schön, denn beide hatten eine Art mit mir umzugehen die mir gefiel. „Leg dich hier auf das Wasserbett und lass dich verwöhnen und denke daran, dass du jetzt auch deine Hände verwenden darfst" sagte Manja noch und dann verschwand sie mit dem dritten Mann, der kein Sperma mehr für mich hatte.

Ich legte mich hin, träumte ein wenig und hatte meine Beine weit auseinandergespreizt, damit die Zungen meine Möse auch gut erreichen konnten.

Leck mich

Nun war ich allein und meine geilen Gedanken kreisten durch meinen Kopf. Meine Brustwarzen stellten sich wieder auf und ich spürte wie meine Möse begann zu kitzeln. Mitten in meinen Gedanken stand mit einem Mal der erste steife Schwanz über meinem

Gesicht. Ich sagte nur „leck mich, leck mich überall, wo du magst."

„Deine Nippel stehen ja schon vor Geilheit" sagte er und begann meine Brustwarzen mit seiner Zunge zu umkreisen. Dabei leckte er auch immer wieder genau über sie hinweg. Seine feste Zungenspitze leckte jetzt über meinen flachen Bauch bis zu meinem Nabel. Als er hier anfing zu lecken, durchzuckte es meinen Bauch und ich spürte wie meine Möse heftiger kribbelte. Ich schob seinen Kopf zwischen meine gespreizten Beine. Nun war seine Zunge an meinen geileren Lippen.

Dicht neben meinem Anus spürte ich sie, seine feste Zunge und er leckte einmal kräftig über meine Möse und spaltete dabei meine Lippen. Ganz langsam leckte er, bis er meinen Kitzler erreichte. Jetzt machte er seine Zunge spitz und möglichst lang. Dort wo ich vielleicht nachher seinen Schwanz in mir haben werde, schob er jetzt seine Zunge hinein. „Du machst es richtig geil, mein Süßer" sagte ich. „Du schmeckst auch richtig geil, Süße" erwiderte er. So geil wie du vorhin deinen Blowjob gemacht hast, möchte ich jetzt deine Pussy verwöhnen. Ich liebe es eine rasierte Möse zu lecken und deine werde ich besonders ausgiebig und intensiv lecken.

Er sagte „Ich werde dich so lange und so geil lecken, bis du kommst. Vorher werde ich nicht aufhören."

Er spreizte meine Schenkel noch weiter und schob zwei Finger in meine Möse. Sogleich bewegte er seine Hand und ich wurde noch feuchter. Danach nahm er sie wieder heraus und steckte sie mir in meinen Mund. Der Geschmack meines Saftes machte mich noch geiler und das sagte ich ihm auch, begleitet von einem lauteren Stöhnen.

Seine Zunge spielte um meinen Kitzler, bis er ganz fest und ich immer geiler wurde. Meine Möse begann zu zucken unter seiner gierig leckenden Zunge. „Na, Süße wirst du schön geil?" fragte er. „Ja" antwortete ich ihm mit einem Stöhnen in meiner Stimme. „Lass sie ruhig heraus, deine Geilheit. Es macht mich an, wenn ich dich stöhnen hören kann, Süße." Kaum ausgesprochen leckte er wieder heftiger zwischen meinen immer feuchter werdenden Lippen. Ich gab mich ihm ganz hin, presste nur noch seinen Kopf auf meine Möse, denn dieses geile Gefühl machte mich heiß. Je kräftiger er leckte, je mehr stöhnte ich. „Ja, ja, ja, komm mach`s mir!" stöhnte ich immer lauter unter seiner immer schneller werdenden Zunge. Mal sehr sensitiv mal richtig fest und fordernd leckte er meine Möse. „Komm doch, du kleine geile Schlampe. Leg deine Waden auf meinen Rücken. Ich werde deine Schenkel anwinkeln, sodass ich auch gleich noch deinen geilen Arsch lecken kann." Ich ließ jetzt alles zu, so geil war ich geworden. Kaum lag er mit seinem Oberkörper auf dem Fußende des Wasserbettes, spürte ich seine Zunge auf meinem Anus. „Deine Pussy schmeckt nicht nur geil, sie sieht auch geil aus. Schön feucht ist sie auch und wenn ich mit deinem süßen Arsch fertig bin, werde ich sie so lange verwöhnen, bis du mit lautem Stöhnen kommst." „Bitte mach weiter" stöhnte ich und schon leckte seine Zungenspitze wieder über meinen Anus. Ich wurde immer geiler durch sein lecken. Mit seinen großen, kräftigen Händen massierte er meine Backen und ab und zu gab er mir einen Schlag auf meinen Arsch.

„Komm leck wieder meine Möse" stöhnte ich noch lauter. „Ich will endlich kommen, mein geiler Lecker." Er stand auf und ich sah sein Sixpack und seinen muskulösen Körper. Ich sah auch für einen Moment seinen riesigen, steifen Schwanz, den ich vorhin noch in meinem Mund hatte. Ich streckte meine Beine einfach aus. Er leckte jetzt an meiner Wade nach oben, bis er an meiner feuchten Möse ankam. Ich spreizte meine Beine ohne, dass er ein Wort gesagt hatte. Ich war geil und er ganz offensichtlich auch. Jedenfalls sagte mir das sein steifer Schwanz und seine jetzt ganz flinke Zunge. Er leckte und leckte und leckte und dann stöhnte ich laut „ich komme, ja, ja, ja, ich komme. Mein Bauch zog sich zusammen und meine Möse zuckte und dann bekam er meinen Mösensaft in seinen Mund.

„Nachher möchte mein Schwanz noch in deine Löcher, Süße. Bitte wähle mich und lass dich von mir ficken" sagte er. „Ich heiße John. Frauen, die mich noch näher kennen, nennen mich Long John." Dann stand er auf. Ich konnte noch nicht aufstehen. Meine Knie schlotterten und meine Möse war nass. So geil war ich schon ewig nicht mehr gekommen. Was für eine geile Zeit. Meine Freundin hatte mir nicht zu viel versprochen, als sie von diesem Hause und den Männern dort schwärmte. Nach einer guten Viertelstunde betrat Manja das Zimmer. „Du siehst ja aus wie frisch gefickt, Lena" meinte sie. „So ähnlich fühle ich mich auch" erwiderte ich. „Bring mich bitte zur Dusche" sagte ich und Manja legte ihren Arm um meine Hüfte und begleitete mich.

„Die kalte Dusche wird dir guttun, und deine süßen Brüste gefallen mir auch" meinte Manja. Für einen Augenblick war ich still. Was war das jetzt? Steht Manja auf Frauen? Würde sie einen Dreier mitmachen? Diese Fragen werde ich ihr stellen, wenn ich das nächste Mal hier in der Dusche bin. Jetzt muss ich erst einmal ein wenig runterfahren und mich erfrischen. Als wir an der Dusche angekommen waren, gab sie mir einen Klaps auf meinen Arsch. „Nun mach dich mal frisch für den zweiten, der dich gleich lecken wird, Lena" sagte sie noch und schon war ich drin in der Dusche.

Das Wasser war jetzt gar nicht kalt, sondern eher angenehm. Es war nicht zu warm, aber auch nicht zu kalt. Ich stellte mich unter die Brause, welche jetzt direkt über meinem Kopf war. Das Wasser lief über meinen Rücken und meinen Arsch die Beine herunter. Ich nahm den kleinen Schwamm, gab etwas Duschgel drauf und strich über meine Brüste, meine Nippel und meinen Bauch. Es ging schnell und meine Nippel stellten sich auf. Sie waren schon wieder geil. Mit dem kleinen Schwamm ging ich weiter zu meiner Möse, die bei der kleinsten Berührung wieder anfing zu pulsieren. Ich war wohl dauergeil und konnte es schon jetzt nicht erwarten seine Zunge zwischen meinen Schenkeln zu spüren. So drehte ich das Wasser ab und begann mich abzutrocknen.

Manja, die gehört hatte, dass nun kein Wasser mehr lief, betrat das Badezimmer und trocknete meine Brüste. Es war auch ein Massieren und ich konnte sehen wie sich ihre Nippel aufstellten. Sie küsste meinen Hals und schob meine Hand zwischen ihre Schenkel. „Du bist ja so feucht wie ich vorhin" sagte ich zu Manja. „Ja, bei deinem geilen

Stöhnen kann ich nur feucht werden. Manja erzählte mir, dass sie es vorhin nicht mehr ausgehalten hatte und es sich selbst besorgte. Was hältst du davon, wenn wir uns beide lecken lassen?" Ihre Frage überraschte mich jetzt nicht und so sagte ich zu ihr „Ja, gern. Das ist eine gute und geile Idee. Marcs Zunge konnte ich kaum zwischen meinen Schenkeln erwarten. Würde er mich auch so geil lecken, dass ich am Ende fast explodiere? Bald werde ich es wissen und bald werde ich wissen, ob ich auch Manja kommen höre. „Du bist also genauso geil wie ich" sagte ich zu Manja. „Ja, am liebsten würde ich mich gleich von Marc richtig hart nehmen lassen." „Hey, ich darf mir den Typen aussuchen, der mich rannimmt" sagte ich zu Manja. „Ja, na klar darfst du das. Ich wollte dir nur sagen, wie geil ich schon bin" antwortete Manja. Sie legte ihren Arm um meine und ich meinen Arm um ihre Hüfte und wir gingen wieder nach nebenan. Dort legten wir uns nebeneinander auf das Bett. Manja und ich winkelten unsere Beine etwas an, sodass Marc direkt unsere nassen Mösen sieht, wenn er durch die andere Tür ins Zimmer kommt.

Offensichtlich war Marc auch richtig geil, denn sein Riesenschwanz stand und seine Eichel war zu sehen. Sein muskulöser Körper und sein Sixpack weckten noch mehr heiße Gedanken in meinem Kopf. John, oder Long John, war ja schon ein Prachtexemplar von Mann, aber Marc fand ich noch geiler.

„Wow, gleich zwei heiße Pussys die ich lecken kann" sagte Marc. „Mit wem darf ich anfangen?" fragte er. Wie aus einem Mund antworteten Manja und ich „mit mir." „Ihr seid beide geil, ich sehe das schon" erwiderte Marc. „Na dann überlege ich mal kurz" sagte er. Dann legte er sich bäuchlings auf das Bett, drückte meine Beine auseinander und küsste meine Möse. Ich freute mich schon, da er mich auserwählt hatte. Aber ich hatte mich wohl geirrt, denn Marc stand wieder auf und tat das gleiche bei Manja. „Eure Löcher schmecken beide gleich gut. Trotzdem werde ich dich zuerst lecken, denn du hast vorhin meinen Schwanz so geil geblasen, wie ich es schon lange nicht mehr bekommen hatte" sagte Marc zu mir.

„Ah, das ist ja liiiee…" wollte ich gerade noch sagen, da schob er seine Zunge in meine Möse. Ich stöhnte einmal laut und bat ihn weiterzumachen. „Meine Möse und mein Anus sind schon ganz gierig auf deine flinke Zunge mein Süßer" sagte ich. Ich nahm seinen Kopf, wie er vorhin meinen, und presste ihn ganz fest zwischen meine Schenkel. Er leckte zwischen meinen Lippen hoch und runter und meine Möse wurde immer nasser. „Leck mich" stöhnte ich, „leck mich ganz fest", „leck mich, bis ich komme" stöhnte ich noch lauter und schaute kurz in Manjas Augen. Manja hatte damit begonnen meine Brüste zu streicheln und zu massieren. Mit der anderen Hand strich sie über ihre Möse und begann auch schon zu stöhnen. Ich wurde immer geiler und immer geiler. „Gib mir deinen Arsch" sagte Marc. Ich wollte ihm meinen Hintern gerade entgegenstrecken da spürte ich seine Zungenspitze schon an meinem Anus. „Du leckst so geil, dass ich gleichkomme" stöhnte ich hervor. Als Marc wieder an meiner Möse leckte und an meinem Kitzler mit seiner Zunge spielte konnte ich mich kaum noch halten. Mein Kitzler war inzwischen fest und groß geworden. „Ja, jaa, jaaa, jaaaa" stöhnte ich noch. „Ich komme" brachte ich noch laut schreiend noch heraus und dann kam ich. Ich kam so gewaltig wie schon ewig nicht mehr.

„Du schaust, als wärest du gerade richtig geknallt worden" sagte Manja zu mir und lächelte dabei. Ich lächelte zurück und sagte „warte ab, bis Marc mit dir fertig ist. Ich bin sicher, du wirst genau wie ich eben deine Geilheit hinausschreien. Marc schaute mich an und sagte „dich will ich auf jeden Fall, egal ob du dich für John oder für mich entscheidest." Dann stand er kurz auf, um sich zwischen Manjas Beine zu legen.

Mit seinen Händen spreizte er ihre Schenkel und schon war er mit dem Mund an ihrer Möse dran. Ein paarmal leckte er Manja fest und dann schob Marc seine Zunge in Manjas Möse. „Du leckst ja noch geiler als ich es mir gerade vorgestellt hatte" sagte Manja. „Deine Möse ist ja schon ganz nass" erwiderte Marc. „Hast Du dir schon selbst deine Pussy bearbeitet?" fragte Marc. „Ja, ich konnte nicht anders als ich euch vorhin beim Lecken von Lenas Möse beobachtet habe, wurde ich geil" erwiderte Manja. „Dann werde ich dich jetzt so lange lecken, bis du genauso laut und heftig wie Lena kommst, meine Süße."

Mir war immer noch schwindelig von dem gewaltigen Orgasmus in den Marc mich gebracht hatte. Ich war so zuvor nur vom Lecken noch nie gekommen. Wow, das war ein geiles Angebot, dass er Manja gerade gemacht hatte. Ich weiß wie gut Marc mit seiner Zunge umgehen kann. Ich drehte mich auf die Seite, sodass ich die beiden gut sehen konnte. Marcs Kopf wurde von Manjas Händen zwischen ihre Schenkel gepresst und ihre Nippel stehen so gerade wie meine noch immer.

Ich strecke meinen Arm aus und streichle mit meinen Fingernägeln über Manjas Bauch. Er ist noch etwas flacher als meiner und überzogen von der Gänsehaut. „Lena, mach bitte weiter. Das geilt mich richtig hoch." Ich tat wie Manja meinte und fuhr auch noch über ihre Brüste und zwirbelte ihre Nippel.

Marc leckte ihren Kitzler und küsste immer wieder ihre Möse. Seine Zunge vibrierte immer schneller und Manja stöhnte lauter. „Ja, Jaa, Jaaa, Jaaaa ich komme gleich!" Marc war ein geiler Lecker, dass wusste ich. Gleich wird Manja kommen und ich werde dann ihre linke Brust ganz festdrücken. „Na komm du kleine geile Sau" sagte Marc. „Los schrei sie hinaus, deine Geilheit. Ich will spüren und hören, wie du kommst, du geile Schnecke" fuhr er fort. „Jaaa, Jaaaa, Jaaaaaaaaa" schrie Manja „ich kommeeeee" und wie sie kam. Sie kam so gewaltig wie ich vorhin.

Marc stand danach auf und legte sich auf seinen Rücken. Er legte sich genau zwischen uns und wir konnten seine Geilheit sehen, denn sein Schwanz stand hart und fest. „Tja, Lena, wer soll dich gleich rannehmen?" fragte Marc. Ich hatte nur Augen für seinen großen, steifen Schwanz. „Manja kann mit John, aber ich will dich und ich will dich in all meinen Löchern" sagte ich.

Nun war klar, wie es weitergeht. Natürlich will sie, hatte Manja gesagt. Sie sei jetzt so geil, dass sie endlich einen Schwanz in ihren Mund und zwischen ihre Schenkel haben wollte. Long John wird die nächste Zeit mit Manja vögeln und ich werde Marc bekommen, der mich hoffentlich richtig hart rannimmt. Ich mag nämlich keinen Blümchensex ich will es richtig und in alle Löcher. Wenn seine Lenden an meine Backen klatschen und sein Schwanz meine kleine Möse und meinen engen Anus füllt, dann komme ich noch heftiger. Hoffentlich macht sein fester Schwanz nicht vorher schlapp, ging mir durch den Kopf.

Komm mit mir

Meine Möse wurde schon wieder feucht und ich bemerkte, wie ich immer geiler wurde. „Gib mir deinen Schwanz und deine prallen Eier" sagte ich zu Marc und setzte mich mit meiner Möse auf seinen Mund. So konnte ich ihm schön einen blasen und seine Eier lutschen. Dabei werde ich ihm seinen Schwanz wichsen, jedoch darauf achten, dass er nicht kommt. Ich liebe die 69er Stellung und da Marc so eine flinke und gefühlvolle Zunge hatte, ließ ich mich gern weiter von ihm lecken.

„Deine geilen Lippen sind ja noch immer ganz feucht" sagte Marc, nachdem er meinen Arsch ein wenig angehoben hatte, um zu sprechen. „Ich liebe es, wenn deine Pussy nass ist und Du deine Geilheit kaum zurückhalten kannst." Nun drückte er seinen Kopf gegen meine Möse und leckte sie noch nasser. Bei Marc kamen auch schon die ersten Lusttropfen aus seinem strammen Schwanz.

„Ich will dich in meiner Möse. Ich will, dass du mich richtig hart nimmst" sagte ich zu ihm. Er sagte „ich werde dich so geil ficken, dass du süchtig wirst nach meinem Schwanz."

Ich hockte mich aufs Bett, hatte meine Beine ein wenig gespreizt und er konnte von hinten meinen Anus aber auch meine Möse sehen. Welches Loch wird er wohl zuerst nehmen, dachte ich gerade noch bei mir, als ich seinen harten in meiner Möse spürte. „Au" sagte ich, als er mir einen kräftigen Klaps auf meinen Arsch gab. „Das macht mich geil, komm hau nochmal drauf." Ein Klatschen und noch eins und noch eins gab er auf meinen Arsch. Sein Schwanz stieß in meine Möse und ich wurde noch geiler. Mit einem Mal griff er nach meinen Haaren, die mir bis zum Arsch gingen und zog daran.

Sofort ging mein Kopf nach hinten und ich feuerte ihn an. „Los, nimm mich. Meine Möse verlangt nach deinem riesigen Schwanz." Er nahm mich noch heftiger und das Klatschen seiner Lenden gegen meinen Arsch waren ein geiles Geräusch. „Jetzt will ich deinen süßen Hintern" sagte Marc, während er seinen Schwanz aus meiner Möse zog. „Aber sei vorsichtig, mein Süßer. Mein Anus hatte noch nie so ein Prachtexemplar von Schwanz." „Du willst richtig hart rangenommen werden, hast Du gesagt" sagte er. „Ja, aber doch nicht in meinem Anus." „Jetzt oder nie" sagte Marc und mit zwei kräftigen Stößen schob er seinen Schwanz in ganzer Länge in mich hinein. „Ah, Au, Ja, Jaaa, Jaaaa, es ist so geil von dir genommen zu werden." Wieder packte er meine Haare und zog daran. „Dein Arsch ist ja so geil wie deine Pussy." Er machte sein Versprechen war und nahm mich richtig ran.

„Ich möchte sehen, wie sich deine Titten im Sextakt bewegen" sagte Marc, nachdem er seinen Schwanz aus meinem Anus zog. „Lege dich auf deinen Rücken." Kaum hatte ich mich umgedreht begann er meine Brüste zu massieren. Immer kräftiger drehte er an meinen Brustwarzen. „Nimm mich du geiler

Stecher" sagte ich zu ihm. „Okay" sagte er nur, spreizte meine Schenkel und stieß seinen Schwanz in meine Möse. Ich hatte das Gefühl, er würde oben wieder herauskommen so riesig war sein Schwanz. „Deine Pussy ist jetzt richtig schön nass und eng. Ich werde dich schön durchficken" meinte er. Gefühlt stieß er mit jedem Mal tiefer in meine Möse. „ich will dir meinen Saft in dein süßes Gesicht spritzen" sagte er, zog seinen Schwanz aus mir heraus und bat mich sich vor ihm hinzuhocken. „Gib mir alles" stöhnte ich noch und dann spritzte er ab. Meine Haare, mein Gesicht, mein Mund und auch meine Brüste bekamen etwas von der riesigen Ladung ab. „Jetzt werde ich ihn dir sauber lutschen, bevor wir gemeinsam in die Dusche gehen" sagte ich zu Marc. „Ja, leck alles ab, meine Süße" sagte Marc und meinte dann „komm lass uns duschen gehen. Danach können wir Manja und (Long)John zuschauen, wenn du magst." „Na klar mag ich. Ich will doch hören wie Manja und er kommen."

So ging ich mit Marc in die Dusche und als wir fertig waren, gingen wir zu den beiden. Beide waren schon so geil aufeinander, dass

sie gar nicht mitbekamen wie wir uns rein-
schlichen.

Ganz tief in Manja

Manja wurde gerade von John geleckt. Sie
lag auf dem Rücken und er drückte mit seinen Händen ihre Schenkel nach oben zu ihren geilen Titten und auseinander. So hatte
er einen freien Blick auf ihre zwei Löcher zwischen den Beinen. Manja stöhnte immer lauter und er sagte „Das ist so geil, wenn ich
höre, wie du immer spitzer wirst."
„Ich will, dass du mich endlich mit deinem
großen Schwanz durchfickst" hörten wir
Manja sagen. Marc und ich standen hinter
dem Paravent und konnten so ungesehen
den beiden bei ihren heißen Spielchen zuse-
hen.
Das ließ sich John nicht zweimal sagen.
„Blas du geile Schnecke" forderte er Manja
auf. Sie setzte sich mit ihrer Möse auf seinen
Mund und packte seinen Schwanz. „Ich
werde ihn dir schön wichsen und dabei deine
Eichel mit meiner Zunge verwöhnen" sagte
Manja und begann seine Eichel zu lecken.

John packte den geilen süßen Arsch von Manja und schob seine Zunge zwischen ihre geilen, feuchten Lippen. „Es ist ein geiler Anblick deine Fotze und dein kleines Arschloch vor mir zu haben, du geile Bitch." Manja hörte sofort auf, Johns Schwanz zu wichsen und sagte „Geil bin ich auf jeden Fall, aber eine Bitch bin ich nicht." Anschließend kniff sie in seine Eier. Jetzt hob John Manjas Arsch hoch und rief „Au!!! Das war doch nicht ernst gemeint. Du machst nur einen so geilen Blowjob, dass mir das mit der Bitch so rausrutschte." „Dann pass auf, dass du nachher nicht aus meiner Möse rausrutschst, wenn du mich hart durchfickst" entgegnete Manja mit einem Stöhnen. „Setz dich drauf und reite mich" sagte John mit einem Mal. Schon stieg Manja um von seinem Mund auf seinen steif nach oben ragenden Riesenschwanz. So vorsichtig wie Manja sich setzte, so schnell wollte John in sie hinein. Ein kräftiger Stoß und schon war Johns Long in Manjas Möse. „Ah, ja, jaa, jaaa komm fick mich" stöhnte Manja und schon begann sie ihn zu reiten. Ihr wilder Ritt machte John noch geiler und er sagte nach einigen Minuten „Ich will dich

Doggy ficken." So stand Manja kurz auf, um sich es auf dem Bett bequem zu machen. John hob ihr Becken etwas an, sodass er von hinten in ihre Fotze stoßen konnte. Eine Hand schlug auf ihren kleinen Arsch und mit der anderen hielt er ihre langen blonden Haare fest. „Los fick mich" sagte Manja und John tat es auch.

Kurz bevor er gekommen wäre, zog er seinen harten Schwanz aus ihrer nassen Möse und stieß ihn in ihren Anus. „Ah, Aahh, Jaaaa du bist so ein geiler Stecher, John." Noch ein paar Mal hin und her und er zog seinen riesigen Schwanz aus ihr. Dann spritzte John seine Ficksahne über ihren ganzen Rücken.

Marc und ich wurden auch geil

Marc fuhr mit seiner Hand zwischen meine Schenkel und begann meine Möse zu massieren. Offenbar war er von dem Treiben der beiden genauso geil wie ich geworden. Ich griff nach seinem Schwanz und streichelte ganz sanft die Eier von Marc. Er begann meine geile Möse zu lecken und immer, wenn er mit seiner Zungenspitze meinen Kitzler berührte, merkte ich, dass ich immer geiler wurde. Ich nahm seinen geilen Schwanz in meinen Mund und ließ ihn ganz langsam, bis zum Schluss in ihn gleiten.

„Oh, deine Fotze schmeckt geil und es ist großartig, wie du bläst meine Süße" stöhnte Marc. Ich hatte ihn wieder aus meinem Mund gelassen und wichste immer schneller. „Fass ruhig kräftig zu" sagte Marc. „Es macht mich geil, wenn du ihn richtig hart wichst" sagte er zu mir. „Dein Schwanz ist so schön groß und prall, dass ich ihn gern in mir spüren möchte. Ich werde dich ein wenig reiten" sagte ich zu ihm. „Gerne, aber ich möchte dich gern im Doggystyle hart ficken und dir dabei deinen süßen, kleinen Arsch versohlen." „Hm, das klingt gut. Ich liebe es hart rangenommen zu werden. Nimm mich gleich von hinten" sagte ich zu Marc. Dabei drehte ich mich um und streckte ihm meinen Hintern entgegen. Ich bekam einen Klaps auf jede Backe und dann stieß er seinen harten in meine nasse, enge Möse. „Ah, aaahhh, ja, jaaa bitte fick mich" stöhnte ich und schon wurde sein Rhythmus immer schneller.

Ich hatte ihn offenbar so geil geblasen und gewichst, dass es nicht lange dauerte, bis er gewaltig kam. Er stöhnte und spritzte mir seine Sahne über meinen Rücken und auf meinen Hintern.

Nun drehte ich mich wieder um und begann seinen Schwanz zu lutschen und sauber zu lecken.

Mein erstes Buch

In meinem Buch finden Sie einige Geschichten rund um das Thema Sex. Hier geht es in alle Löcher, auch in meine.
Frauen und Männer werden auf ihre Kosten kommen und es gibt fast kein Tabu.
Meine Freundinnen haben mir ein paar Sexstories erzählt und auch die habe ich hier aufgeschrieben.
Für einsame Stunden ist das Buch genauso geeignet wie zum Vorlesen und vielleicht auch zum Nachmachen.
Ich wünsche meinen Leser*innen geiles Kopfkino und natürlich eine geile Zeit.